동백 아래

한국의 단시조 019

동백 아래

박종대 시집

책만드는집

| 시인의 말 |

무슨 특별한 뜻이 있어서는 아니고요
딴에는 공들여 낳은 몇 안 되는 단수들이
한집에 머물다 가게
그러고 싶어서요.

2017년 8월
박종대

| 차례 |

1부 신은 벗어지는데 발이

2부 출렁이는 하늘

3부 어쩌다 사람 잘 만나

4부 통곡도 폭소도

1부

신은 벗어지는데 발이

녹음의 강江

봄에 묻혀 나온 욕심
죄다 오게 풍덩 안기게

좀도둑 소도둑도
푸른 기
푹
먹였다가

주황빛
곱게 띠어오면
우리
같이 가세
겨울로

코스모스 동산에서

머리 젖혀
하늘하늘
하니
내가 코스모스다

어어 금방
아질아질
하기 시작하는데

저한테
기대보란다
실허리의 꽃대가

풀잎 끝 파란 하늘이

풀잎 끝
파란 하늘이
갑자기 파르르 떨었다

웬일인가
구름 한 점이
주위를 살피는데

풀잎 끝
개미 한 마리
슬그머니 내려온다

가을 한 점

나무 이파리 하나
바람 타고 내려온다

살랑바람 한 옴큼
이파리 타고 내려온다

내리고
내려주고
는
잠시 머뭇거린다

동백 아래

동백 아래
동백으로
합장하고 섰습니다

두 손에 모인
그리움에
빨간 불이 붙습니다

불현듯
툭
떨어집니다
가만
주워봅니다

잠깐, 조약돌 하나하고

잘 있어
그래 잘 가
악수하고 손을 떼니

너를 내가 옮겨놨구나
좋은 일 터질 거다

내 손이 복福손이거든

나는 덕德돌이거든

임 마중 나가는데

저 파도
봤다 봤어
겁나게 밀려오네

맞은편 동백 언덕
새빨겅
시뻘겅

개들이
활활 너울너울
일냈구나 싶더니

오는 가을 가는 가을

왔구나
와 있었구나
봄여름 그 품속에

올 때는
기척도 없이
늘 그렇게 왔다가

갈 때는
소리소리 지르면서
또
그렇게 가겠구나

산안개 바다 안개

점잖은 산들도
출렁이는 바다도

잠은 자는가 보다
하얀 이불 덮었다

잘 자소
아들딸 많이 낳고
꿈은 무슨 꿈을 꿀거나

폭포수 주변

물이 돌고 돌다가 비로소 입을 여는 곳
단
한
마
디
를
단
한
줄
로
거푸거푸 한결같이

뭐라고
알 듯 모를 듯
보는 귀들 듣는 눈들

달마의 신발

비행기는 불안하고
차도 또……
그냥 걷자

신발은 괜찮은가
고놈도 가끔 헛딛지

벗어라

신은 벗어지는데 발이 안 벗어진다

연못가에서

넓죽한 잎 펼쳐놓고
어서 오게 하시는데

연꽃 말씀 받아 오실
그런 분 안 계신가

저 위에
사뿐
올라앉을
이슬방울 같은 사람

졸졸 시냇물

졸 졸 졸
이래서야
어찌 가노 바다에까지

거기도 들러 왔다구
가짓말
정말이야

담가본 두 손 열 손가락
비켜 가는
졸졸졸

어스름욕浴

어스름이 스멀스멀
우리 살煞을 핥고 있다

조석으로 쓰다듬어
재워주고
깨워주고

노을의 혓바닥이야
홀랑 벗어버릴라

달려온 파도

무슨 급한 전갈이냐
바람 몰고 거품 물고

장난만 치지 말고 어서 아뢰어라

아이참
눈도 귀도 다 머셨나 봐
여보세요!

천지天池

땅 마음 하늘 마음
고스란히 받쳐 들고

삼가
위로 아래로
올리고 내리나니

비키라
저리 비키라
물색없는 나리들

만고 삼절萬古三絶

저 멀리 지평선
저 아득 저 수평선

그 그 위로
허허 창공
아물아물 가물가물

임자들
아니었으면 어찌 보겠노
저 허막

설맹雪盲

번쩍
따끔
아파 안 봬
뭐가 쏙 박혔어 눈에

곡두 같은
눈밭 햇살
괜찮을까
행운
행운

보일까
내가 보고 싶은 것

자넨 어인 손인데

하늘의 가을, 가을의 하늘

보소 보소 벗님네들
여기 이 우리 좀 보소

가다 보면
이런 모습
이런 때도
있다구요

그래 참
좋긴 좋네
만

감출 건 다 어쨌노

2부

출렁이는 하늘

이상 무異狀無

뭘 잘못 먹었나
메슥메슥 왜 이러지?

또 앙똥한 짓 하셨나
꺼림칙
개운치 않아

아니야
별게 다 길을 막네
어서 가요
이상 무

바다로 드는 길목

흙 반 모래 반의 초입에
갯내 갯바람 나와 있다

물컹한 순 모랫길
손에 잡히는 다복솔밭

그 위로
출렁이는 하늘
그렇지
천천히

거짓이여

내 너를 어이할꼬
작정했잖아 가만있기로

업어줄까
안아줄까
한 대 쥐어박아 줄까

잘 알지
네 그 속이야

그래도 또
그래도

우리 똥개

쓰레기 뒤지다 말고
쓱
나를 훑어본다

나리 그대로시구먼요

휙 외면 저쪽으로

유유히
치붙은 뒷구멍
훤히 드러내 놓고

허사비하고 허수아비하고

마네킹
점원보다 더 점원 같더니만

이게 뭐야
농부보다 더
진짜 농부 같구먼그랴

자, 우리
악수하실까?
에
에
에취!

웬 재채기가

새 울 밑에 선 봉숭아

두고 온 그리움
네가 챙겨 왔구나

날 알아보겠느냐
오셨더냐 우리 누님

거기가
우리 그 울 밑이다
그래 그 양지바른

우리의 자유

싫어 안 가

네 맘대로

안 가면 어떻게 되지?

낙오되고 말겠지 뭐

그러면? 낙오되면?

잘헌다 안 갈 수가 없게

안 가 나는 안 가 안 가

좌左와 우右

네가 左 내가 右
내가 이쪽 네가 그쪽

右라면서
그러니까
그러니까 그쪽이 左지

거 괜히 左다 右다 해놓고
헷갈리게 한다구

저 장바구니

불쑥
고개 내민 대파
발 동동 눈 빠지는데

신났다
새끼들 숟가락
밥상 그림은 무지갠데

이 속을 모를 리 없는 버스

왜 안 와
왜 못 와

그냥 이대로

다 싫다
지금 이대로
그냥 이대로 살란다

정말?
정말이야?
허허 그렇대도

그래라 누가 가만 놔둔대?
자네부터 그러겠네

인사

아저씨
안녕하세요
날씨 참 좋습니다

다 됐구나
그런 어른

웃음서 꾸뻑하던 애가

어떻게 인사를 한다던가?
침팬지들은 말이야

도련님과 고독

고독아
넌 어딨다가
내가 꼭 혼자일 때
거 용케 딱 맞춰서
참 잘도 찾아오신다

도련님!
왔다 갔다 하는
사람
바로
누구우게

새싹 마중

준비, 땅!
하신 거야
어젯밤에 봄비가

일제히 고개 내밀고
도리반
도리반

다시는 안 오겠다더니?

그렇지 암!
여기야

개떡

개떡 같은! 개떡같이!

에헴! 여기요 여기

못나 처진 싸라기끼리
도란도란 꿈을 꾸는

손가락
다독인 얼굴
깨물어 봐요
괜찮아요

바다 사냥

여체야 영락없어

더듬더듬
어쩌려구?

맥을 찾아 짚어봤것다

허허 입질!
척 챘는데

깨보니
바닷가 모래 위
나는 한 척 폐선이야

공굴 내 고향

왕가뭄 콘크리트 틈새
반목숨의 이파리들

한 놈
분에 모셨더니

꽃대 올라 둘레둘레

내 고향 비가 왔을까

왔지 왔어
협씬* 왔다

* '충분히'의 전남 방언.

새로 난 꽃집에서

꼭 이래야 되겠던가
질고
세고
사나워야

달라졌나
내 이 눈이?
자네들이?
우리가 다?

그런가

순하디순했던
그 봉숭아 채송화는

망설이는 단풍잎

하늘 한 점
안
고
내
리
면
기특해라 반겼거든

요샌 웬걸 본 둥 만 둥
서로 바쁜 저 나그네들

바람아
저기는 어때

수북수북
보도블록

3부

어쩌다 사람 잘 만나

책상을 닦으면서

어쩌다
사람 잘 만나
무던히도 행복했지

어쩔거나
다음에는
부디 팔자 고쳐서

뭐라구
네가 할 말이라구?
누구한테 나한테?

안약을 넣다가

왼쪽 오른쪽에
똑 똑 두어 방울

갈쌍갈쌍
글썽글썽
눈물이야 안약이야?

이놈이 돌아올 리가
주르륵 주르르

미안, 나는 못 나가

이번에도
나 대신
개

옷을 죄다 버렸거든

알몸에
여태껏
치성을 드리고 있는데

머잖아
무늬가 생기든지
털이 나든지 할 거야

징검다리의 손짓

앙금쌀쌀
나를 건너
외갓집에 갔었지

징검 산들
훌쩍 건너
구름 위에 올라볼래?

은하수?
거기도 거기서 거기야
징검 별들 건너면

외로움에게

멀리 두고 생각나면
불러다가 만났는데

인제는
나이 탓인가
무시로 찾아오는구나

이렇게 버릇없으면
방문 걸어 잠글란다

연못 속의 장난꾼

뽀글!
에헤이
깨졌다 예쁜 거울이

뽕!
밑에서 방귀를?
이런 데도 장난꾼이

있지 왜
우리 반의 곰둥이

내 맘속의
심술보

그해 겨울의 함박눈

펄펄 그리움이 펄펄
떼를 지어 찾아와서

얼싸절싸
맴돌다가
는
에계계
허사비야

에라 이!
에쿠 엉덩방아를

그래 놓고 가버린

추석이 오는 길목

아득했던 얼굴들이
봉창문 밖 들판 길에

벼 이삭
수수 이삭
감이며
대추로

떠들썩
어제같이 와 있다

그놈
내일모레지

이상한 골목길

그 애다!
맞다 개!
나를 보자 뛰어간다

골목길로 들어갔다
뒤를 따라 들어갔다

안 보여
딴 길은 없는데
이상허네

야아옹

실失

좀, 좀만 더
그러다가
아차!
날은 저물어

달려와 둘러보니

강 건너 저쪽이라

어디서 뭘 하고 있다가 인제 와서
속도 없네

아내의 지갑

우리
구면일 텐데
어째서 꼭 초면 같지?

내가 바로
자네 주인의
자랑스런 서방님이야

하자구!
사무친 애기랑
한잔

여전하시구먼유

어느 날의 모래 장난

이게 뭐야
집이야 집
누구 집
우리 집이지

큰방 옆에 작은방이
언니 방에 아우 방도

어무니
진지 잡수세요
애들아 밥
밥 먹자

복판이라 때린 것이

복판이라 때린 것이
변죽만을 더듬었네

변죽이 복판 되는
그런 날도 있다지만

복판은
저승에 가서는
진짜 한번 쳐볼라

아차산

아차산
오르노라면
아차, 아차?
하게 된다

허허, 무슨
틀렸어요
인제 와서
아차! 라니

헌데 왜
또 오시고 또 오시고?
설마 지갑 잃으실라

저 눈 저 소리

뭘 하고 있느냐고
왜 여기 와 있느냐고

자꾸만 보고 있는
자꾸만 물어쌓는

그래서
어쩔 것이냐고

그만
놓지 않으시고

그랬구나 오늘도

정말 한다고 했는데
매개 보고 좀 일러주지

신들린 네 손바람에
눈이 팔려서
어어!

저 낙조
또 홍당무가 되셨네

그랬구나
오늘도

어떤 여행

여행은 왕복이래
가는 것만이 아니래

갔다가 돌아오고
왔다가 돌아가고

인생도
여행이라는데
그렇다는데
그런데

이참에

친구 만나러 간다
간다 친구 만나러

큰절 한번 해줄까 봐
호통 한번 쳐줄까 봐

아이쿠
웬 돌멩이가

그래
자네한테도

청자青瓷여

청자여
백자여
그리고 흑자 자네도

우리는 언제까지 이러고만 살 거냐구

등잔 밑
어둡다니까요
시조한테 여쭤봐요

4부

통곡도 폭소도

입하 이미지

왁자지껄했던 연초록
초록으로 갈앉더니

시무룩
부쩍이나
말수가 적어졌다

어쩌니?
꽃샘잎샘도
훈풍으로 와 있는데

나비와 천벌天罰

천벌이 내리다가
나비 보곤 멈칫
허허

저 한 점 날개바람이
지상을 보살피다니!

천벌님 나비 잠드신 한겨울 서설로 오시다

멋모르고

한생
지내놓고 보니
멋모르고였지 그치

그랬던가
아무리

그러면
그렇다면

그 사랑 다 어쩌라고
멋 알고다
멋 다 알고!

단풍 나가네

울긋불긋
만장에다

상여 되어
가는구나

꽃샘잎샘도
들고 메고

그렇지 암!
다들 같이

창그랑
잘 가 잘 있어

창그르랑
어노 어노

설목雪木

눈과 나무
하늘과 땅
그리움과 그리움이

어쩌자고 만났는고
허허虛虛의 공공空空에서

환희의
통곡도 폭소도 다 간 마당에
또
눈물은 웬

먼지 통신

동산에
올랐다가

태산까지
왔습니다

시내 따라
내려갈까

구름 따라
올라갈까

그러다

이상한 바람을 만나
가고 있는 중입니다

그리움을 태우면서

내 곁만 맴돌지 말고
옳지! 훨훨

왜 뭐야
왜 뭐냐구

티가 되어 내려오다니

지지리
못난이 같으니
가다 말고 오긴 왜 와!

죽어 있는 나무와 살아 있는 나무

–어느 원시림 속에서

죽어서 살아 있는가
살아서 죽어 있는가

잎만 있고 없고 했지
똑같구먼
서 있는 것은

생과 사
서로 왔다 갔다
한 이웃이었던가

노을빛 바라보기

노을이 구름을 만나
구름이 노을을 만나

노을은 구름 노을로
구름은 노을 구름으로

어느새
손을 꼭 잡은 우리
어딜 갔다 오셨는고

노모 老母

애비야
　예 어무니
아니다 아무것도

애비야
　예에 어무니
아니 아무것도 아니다

애비야 나 좀 봐라이
　예에 어무니이

애비야!

여기 와 계셨나이까

바닷가 소나무 한 그루
바다 보고 삽니다

꿈꾸는 유채꽃밭
자갈밭도 데리고

갯바람 이야기 들으며
바다 보고 삽니다

새 나리들의 행차

정보—전략—생산—소비—시스템—유비쿼터스

행차에 밀린 말들이
물끄럼말끄럼

곧 뭐가
될 듯도 한데

안 보인다
흙내가

억새밭

기다림의 애틋함이
홀로
저리
대판일 수가

찾아온 그리움마다
차마
뜨질
못한 거야

어울려
노래로 춤으로
기다리고 있나니

안 하던 짓

웬일이야
이상하잖아
안 하던 짓을 다 하고

자네야말로 왜 그러나
짓에다가
소리까지

할래서 하는 것인가
이러다가
설마
우리

다시금 법당에서

부처님
여깁니다
저 여기 있습니다만

그쪽 저쪽
다
아무도
아무것도 없는데요

그 눈길
더듬어 더듬어
눈을 감아봅니다

그날의 결론

먹을 만큼 입을 만큼
지낼 만큼
고만큼만

보고 듣고 느끼면서
제 할 만큼
그만큼을

가끔은
엉뚱스러워도
그럴 만큼
그만큼

혁신 '스마트 안경'이여

사랑에 그리움에
안 뵈는 게 없으면서

무無
가끔 툭 치고 가시는
그
무는 왜
안 보이노

초점焦點이
좀 다르지요
매뉴얼을 잘 보세요

| 해설 |

짧고도 강렬한 노래에 담긴 서정적 위의威儀

유성호 문학평론가 · 한양대학교 국문과 교수

1

박종대 시인의 단시조집 『동백 아래』는, "딴에는 공들여 낳은 몇 안 되는 단수들"(「시인의 말」)을 한자리에 모은 미학적 결실이지만, 우리에게는 그 안에 단형 서정의 극점을 단단하게 담은 심미적 사례로 다가온다. 박종대 시인은 등단 20년을 넘기면서 자신만의 단시조집을 처음 묶은 셈인데, 말하자면 그것은 그동안 시인이 정성스레 벼려온 삶과 언어를 고스란히 담은 산뜻한 비유체로 생성되고 있다 할 것이다. 그래서 우리는 이번 박종대 단시조집을 통해 단형 서정 양식으로서의 '시조時調'를 실물적으로 경험하면서, 박종대 시조의 한 정점이 단수 미학에 놓여 있다는 것을 실감 있게 발견하게 된다.

잘 알려진 것처럼, 단시조는 삶의 이법이나 원리를 직관하는 순간성의 힘을 내장한 양식이다. 따라서 단시조가 삶의 미세한 결이나 실감들을 모두 다 담아내는 것은 불가능한 일일 터이다. 그러나 작은 그릇에 담긴 충만한 정서와 사유가 어쩌면 삶의 이치를 직관하고 해석하는 에너지를 충일하게 품고 있을지도 모르기 때문에, 우리로서는 단시조야말로 시조 미학의 새로운 감각을 만들어내는 데 매우 종요로운 역할을 할 것이라고 거듭 기대하게 된다. 그만큼 우리는 단시조의 이러한 정서와 사유 표현의 직능을 통해, 삶의 풍요로운 서사적 계기들을 생략하면서 구현하는 함축적 형상을 만나보게 되는 것이다. 박종대 시인의 시조는 이처럼 짧고도 강렬한 노래에 심미적이고 함축적인 정서와 사유를 담음으로써, 가장 정제된 정형 미학의 위의를 체현하고 있다. 이제 그 세계 안으로 한 걸음씩 들어가 보도록 하자.

2

먼저 박종대 시조가 착목하는 것은 자연 사물이 견지하고 있는 순리의 흐름이다. 물을 것도 없이 '자연自然'은 우리를 둘러싼 가장 근원적인 공간이며, 우리가 궁극적으로 돌아가야 할 신성한 거소居所이기도 할 것이다. 시조 역사를 전체적으로 돌아본다 하더라도 자연을 형상화하는 전통과 흐름은 완강하게 이어져 왔다. 어쩌면 자연을 마주하고 자연을 담아내는 그 순간이 바로 시조가 씌어지는 순간일 수도 있을 것이다. 우리의 경험 속에, 시조는 이처럼 자연과의 소통에서 가장 중요한 내질內質을 얻어왔고, 시인들은 자연 사물을 통해 성찰과 신생의 노래를 불러오지 않았던가. 박종대 시인은 이처럼 자연 사물이나 현상에서 가장 구체적인 정서와 사유를 길어 올리고, 자신만의 신생의 원리를 파악해간다. 먼저 다음 시편을 읽어보자.

봄에 묻혀 나온 욕심
죄다 오게 풍덩 안기게

좀도둑 소도둑도
푸른 기

폭
먹였다가

주황빛
곱게 띠어오면
우리
같이 가세
겨울로
—「녹음의 강江」 전문

계절의 천연스러운 운행과 그 남겨진 흔적을 이렇게 짤막한 단시조 안에 압축적으로 담아놓은 것이 놀랍다. 시인은 봄에 비롯한 에너지들이 여름의 "푸른 기"로 나아갔다가 마침내 "주황빛 / 곱게" 띤 가을을 지나 겨울로 가고야 마는 순리를 '녹음의 강'이라는 형상으로 풀어놓은 것이다. 성하盛夏의 정점에 있던 녹음도 겨울의 뒤안길로 점차 사라져가듯, 우리의 삶도 그렇게 "올 때는 / 기척도 없이 / 늘 그렇게 왔다가"(「오는 가을 가는 가을」) 흔적 없이 가고 마는 것이 아니겠는가. 이러한 근원적 전언傳言과 형상이 짧은 단수 안에 펼쳐짐으로써 단아하고도 말쑥한 감각으로 이어졌다고 할 수 있을 것이다. 다음은 어떠한가?

머리 젖혀

하늘하늘

하니

내가 코스모스다

어어 금방

아질아질

하기 시작하는데

저한테

기대보란다

실허리의 꽃대가

—「코스모스 동산에서」 전문

풀잎 끝

파란 하늘이

갑자기 파르르 떨었다

웬일인가

구름 한 점이

주위를 살피는데

풀잎 끝
개미 한 마리
슬그머니 내려온다
—「풀잎 끝 파란 하늘이」 전문

이 두 편의 단시조 안에도 자연이 가지는 정연한 질서가 깊이 숨겨져 있다. 앞의 시편은 "코스모스 동산"에서 "실허리의 꽃대"로 하늘하늘하는 코스모스와 덩달아 아질아질하는 시인의 내면이 하나가 되는 정경교융情景交融의 순간을 노래함으로써, 자연 사물의 외관과 실질이 매우 보편적인 인간 성정性情과 만나는 과정을 암시하고 있다. 뒤의 시편은 연전에 펴낸 박종대 시인의 시선집 표제 작품이기도 한데, 시인은 풀잎 끝에 비친 파란 하늘의 떨림을 바라보면서 "구름 한 점"과 "풀잎 끝 / 개미 한 마리"의 움직임이 어느새 한순간에 통합되어가는 광경을 목도하고 있다. 이는 그야말로 파르르 떨려오는 사물들의 존재 증명 과정과 그것을 내면으로 받아들이는 시인의 시선이 같은 지평에서 만나고 있음을 보여주는 사례들일 것이다.

원래 '자연'이란 끝없이 자체 변화를 겪어가는 과정적

실체이다. 그만큼 자연이란 절대화될 수 없고, 다만 스스로 생명을 생성하고 소진해가는 즉물적 세계인 것이다. 물론 자연은 그 물리적 속성을 넘어 원형적이고 근원적인 모성을 지닌 존재로 다가오기도 한다. 우리는 자연 사물의 이러한 물리적 외관과 신성한 속성을 동시에 표현해가는 박종대 시인의 단시조를 통해, 이러한 자연의 복합성을 다양하게 경험하게 된다고 말할 수 있다. 전일적인 계몽적 개입을 제어하면서 그 안에서 자연 사물을 탄력 있게 변용해가는 박종대 시인의 작업은, 그 점에서 우리의 기억에 충분하게 값한다. 그렇게 시인은 충일한 정서와 사유를 빛나는 순간으로 보여주는 심미적 서정을 관철해가면서, 자연 사물을 더없이 섬세하게 관찰하고 표현하고 나아가 그 안에 담긴 생명의 움직임을 아름답게 보여준 것이다.

3

우리는 잘 씌어진 서정시 한 편을 통해 삶의 근원적 이치를 직관하는 순간적 에너지와 만나곤 한다. 물론 서정시는 그 볼륨이 매우 작기 때문에 삶의 이런저런 세목들을 일일이 담아낼 수 없지만, 그와 반대로 삶의 이치를 더없이 응축적으로 보여주는 유력한 역설의 토양이 되기도 한다. 이러한 미학을 최전선에서 가능케 하는 단시조의 원리는 시인 자신의 자기 발화에서 시작되는 경우가 많다. 물론 그 대상이 공공 범주에 포괄됨으로써 역사 사회적 관심으로 확산해가는 경우도 없지 않겠지만, 그때조차 시인들은 자기 회귀성으로서의 서정적 원리를 버리지 않는다. 물론 이때 말하는 회귀성이 사적私的 영역으로 유폐되는 것을 뜻하지는 않는다. 다만 우리는 서정 양식이 개인의 내밀한 이야기를 할 때조차 그 안에 일정하게 타자를 향한 원심 지향성을 내장하고 있고, 그 감각이나 사유의 촉수는 타자를 향해 나아가다가도 다시 시인 자신으로 귀환하는 속성을 가지고 있다고 말할 수 있을 것이다. 뭇 타자에 대한 그리움과 사랑을 노래하는 박종대 시인의 단시조 상당 편수가 이러한 범주에 속한다.

동백 아래
동백으로
합장하고 섰습니다

두 손에 모인
그리움에

빨간 불이 붙습니다

불현듯
툭
떨어집니다
가만
주워봅니다
—「동백 아래」 전문

눈과 나무
하늘과 땅
그리움과 그리움이

어쩌자고 만났는고
허허虛虛의 공공空空에서

환희의
통곡도 폭소도 다 간 마당에
또
눈물은 웬
—「설목雪木」 전문

빨간 불이 붙은 '동백 아래'에서 합장한 '동백'은, 그야말로 "두 손에 모인 / 그리움"을 온통 체현하고 있다. 그러다가 마치 낙과落果하듯 두 손에서 불현듯 떨어지는 그리움을 가만히 주워보는 시인의 마음은, '동백'과 '동백 아래'가 필연적으로 선사하는 공간적 간극에서 그리움을 한층 증폭시키는 상상력을 발휘하고 있다. 이때 그 '그리움'은 단연 원형적인 것이고, 그것은 어쩌면 시인 자신의 지난날을 향한 것일지도 모른다. 그런가 하면 뒤의 시편에서 시인은 "눈과 나무"의 조합으로서의 '설목' 이미지와 함께, "하늘과 땅"의 거리에서 빚어지는 "그리움과 그리움"을 노래한다. "허허의 공공"에서 기쁨과 슬픔과 웃음과 울음을 모두 담고 있는 그 '그리움'은 그 점에서 퇴영적인 정서가 아니라 존재 자체를 가능하게 하는 생성적 역설로 자리하게 된다. 그렇게 어딘가 "두고 온 그리움"(「새 울 밑에 선 봉숭아」)은 박종대 시학의 확연한 지남指南이 되고 있는 것이다.

결국 현실적 대상이든 초월적 대상이든, 박종대 시인의 단시조에는 자신이 흠모하는 대상에 대한 그리움의 힘이 가득 담겨 있다. 그러나 그것은 순수한 그리움에만 멈추는 것이 아니라, 한 차원 높아진 삶의 원리로까지 부상하게 된다. 그것은 시인이 그리움의 힘을 성숙한 시선으로 바꾸어가면서 특유의 타자 지향성을 만들어가기 때문이다. 그래서 박종대 시인의 단시조는 그리움을 통해 외롭고도 절실한 대상代償의 에너지를 분출하기도 하지만, 사랑의 결여 상황을 넘어서는 그리움의 긍정 회로를 궁극적으로 보여주게 된다. 다음 시편들도 그러한 사례에 속한다고 할 수 있을 것이다.

잘 있어
그래 잘 가
악수하고 손을 떼니

너를 내가 옮겨놨구나
좋은 일 터질 거다

내 손이 복福손이거든

나는 덕德돌이거든
—「잠깐, 조약돌 하나하고」 전문

멀리 두고 생각나면

불러다가 만났는데

인제는
나이 탓인가
무시로 찾아오는구나

이렇게 버릇없으면
방문 걸어 잠글란다
—「외로움에게」 전문

조약돌 하나를 두고 사랑의 메시지를 은은하게 던지는 위의 작품은 "복손"과 "덕돌"의 교섭과 작별, 그리고 서로가 서로를 옮겨놓는 정성을 통해 완성되어간다. 그런가 하면 뒤의 작품은 멀리 두고 생각날 때마다 만났던 존재를 이제는 무시로 찾아오는 '외로움'으로 상상하는 마음을 고백하고 있다. 시인은 어느 순간 "나는 한 척 폐선"(「바다 사냥」)이라는 외로운 이미지를 떠올리는데, 그러한 외로움과 그리움을 토대로 하는 "아득했던 얼굴들"(「추석이 오는 길목」)에 대한 절절한 고백을 이어가는 것이다. 이는 서정 양식의 제일의적 양상이라고 할 수 있을 것이다.

모두가 공감하는 것처럼, 우리는 서정 양식이 시인 자신의 정서와 사유를 직접화한다고 생각하곤 한다. 아닌 게 아니라 서정 양식은 시인 자신의 꿈과 경험 사이에 관한 상상적 기록이기를 멈추지 않는다. 그만큼 그 저류에는 시인 자신이 겪어온 절실한 경험 가운데 가장 뿌리 깊은 기억의 지층이 녹아 있게 마련이다. 박종대 시인의 단시조에는 시간에 대한 기억과 성찰을 노래한 것들이 많은데, 그는 마치 시간의 깊이를 드러내는 것이 목표라는 듯이 오랜 기억의 지층을 통해 자신의 존재론적 근원을 상상해간다. 이러한 작법은 오래전부터 상상하고 사유해온 근원적 흔적들이 삶의 마디마디에 박혀 있기 때문에 가능했을 것이고, 오래된 시간이야말로 가장 원초적인 시의 시간이라는 것을 시인 자신이 증명하려고 했기 때문일 것이다. 단아하고 응축적인 형상 안에 그 절실함과 진정성이 잘 전해지고 있다.

4

다음으로 우리는 박종대 단시조의 유려한 감각들을 깊이 살펴볼 수 있다. 말할 것도 없이, 우리가 시조를 쓰고 읽는 것은, 우주의 커다란 원리나 역사의 융융한 흐름에 참

여하는 일일 수도 있지만, 자신이 겪은 미세한 경험과 기억에 새로운 윤기와 탄력을 부여해가는 존재론적 신생의 작업일 수도 있다. 물론 이러한 신생의 과정은 일정한 지속성과 균질성을 가지고 삶을 정치하게 규율하기보다는, 우리 삶이 가지는 관성에 일종의 정서적이고 인지적인 충격을 간단없이 가함으로써 반성적 시선을 마련해주는 데 그 핵심적 의미가 있을 것이다. 그러한 반성적 시선을 통해 우리는 새로운 삶의 감각과 기율을 얻어 가고 그것을 상상적으로 실천해가게 되니까 말이다. 박종대 시조 미학의 한 축이 이러한 감각을 통해 개진되어간다.

앙금쌀쌀
나를 건너
외갓집에 갔었지

징검 산들
훌쩍 건너
구름 위에 올라볼래?

은하수?
거기도 거기서 거기야

징검 별들 건너면

—「징검다리의 손짓」 전문

박종대 시인은 "활활 너울너울"(「임 마중 나가는데」)에서처럼, 자신의 시편에서 매우 적합한 음성상징이나 첩어를 많이 사용함으로써 단시조가 가질 수 있는 음악성을 잘 구현한다. 여기서도 "앙금쌀쌀"이라는 말, 곧 처음에는 굼뜨게 기어가다가 차차 재빠르게 기어가는 모양을 나타내는 재미난 어휘를 통해 '징검다리'의 속성을 잘 보여준다. 징검다리를 건너 외갓집에 갔던 오랜 기억 속에서 "징검산들 / 훌쩍 건너" 구름 위로 은하수로 상상의 날개를 펴던 그 시절에 대한 향수를 고백한다. 이러한 과정을 통해 시인은 "징검 별들 건너" 다른 세계를 희원하던 시절의 감각을 잘 살려내고 있다. 그야말로 "땅 마음 하늘 마음 / 고스란히 받쳐 들고"(「천지天池」) 살아가던 시간의 완벽한 재현이 아닐 수 없다.

노을이 구름을 만나
구름이 노을을 만나

노을은 구름 노을로

구름은 노을 구름으로

어느새
손을 꼭 잡은 우리
어딜 갔다 오셨는고
—「노을빛 바라보기」 전문

동산에
올랐다가

태산까지
왔습니다

시내 따라
내려갈까

구름 따라
올라갈까

그러다

이상한 바람을 만나
가고 있는 중입니다
—「먼지 통신」 전문

"노을이 구름을 만나 / 구름이 노을을 만나 // 노을은 구름 노을로 / 구름은 노을 구름으로"라는 구절의 리드미컬한 연쇄는 얼마나 탁월한가. 그렇게 노을빛을 구름 따라 바라보던 시인은 "어느새 / 손을 꼭 잡은 우리"를 상상하면서 구름과 노을이 손을 잡기도 하고 또 어느 누군가와 자신이 손을 잡고 있는 듯한 이중의 감각을 보여준다. 그런가 하면 '동산'과 '태산'의 대비를 통해, 시내 따라 구름 따라 "이상한 바람"을 만나 날아가고 있는 '먼지'를 통해서도 경쾌하게 비상하고 있는 사물들의 생태를 잘 드러내고 있다. 그렇게 사물들은 서로 "어울려 / 노래로 춤으로 / 기다리고"(「억새밭」) 있다.

여기서 우리는 박종대 시인의 단시조가 자신만의 역동적 상상력을 통해 일상에 편재遍在해 있는 견고한 각질을 뚫고 우리로 하여금 새로운 감각의 쇄신 가능성을 가지게끔 하는 언어적 양식이라고 생각하게 된다. 특별히 시인 자신의 감각 재현 방법에 이르러서는, 사물들의 생성뿐만 아니라 소멸의 양상까지 두루 경험하게 해준다는 사실도 잘 알게 된다. 박종대 시인의 단시조는 말하자면 이렇게 구체적이고 경쾌한 상상력을 통해 세계와 내면에서 생성되어가는 감각을 다양하게 재현하고 재구성하는 데 정성스러운 공을 들여간다. 그리고 그러한 감각을 삶의 경이로운 과정으로 현상하는 데 매진해간다. 이처럼 박종대 시인은 우리가 무심하게 지나갈 수 있는 사물들에게 그들만의 빛깔과 생태를 부여함으로써, 시인 고유의 명명命名 권한을 아름답게 펼쳐낸다. 여기서 우리는 박종대 시인의 시편들이, 우리 시조시단에서 사물들과 누리는 상상력과 감각의 연관성을 선명하게 보여주는 대표적 실례가 아닐까 생각해보게 된다.

5

그동안 서정 양식은, 남다른 기억을 세세하게 항구화하려는 데 보편적 존재 의의를 두어왔다. 우리의 전통 양식인 '시조' 역시 그러한 욕망을 최전선에 두어왔다고 할 수 있다. 그렇게 한 영혼의 기억을 담아온 시조는, 우리의 삶이 이성적으로만 진행되는 것이 아니라 합리적 표지標識를 위반하고 넘어서면서 나아가는 것임을 오래도록 보여주었다. 더불어 우리는 시조를 통해 서정의 위의를 회복하려는 시인들의 고전적 열망이 이러한 원리를 더욱 가속화해왔다고 말할 수 있다. 이처럼 우리가 상실해온 삶의 지표들을 하나하나 복원하고 한 시대의 견고한 관습에 저항하게끔 하는 경험을 시조가 선사해주는 것은 매우 소중한 것이 아닐 수 없다. 박종대 시인의 단시조는 이러한 열망과 경험 속에서 매우 중요한 삶의 장면들을 포괄하는 기억의 구체성을 보여준다. 우리는 그 순간 절실하고도 선명한 존재 확인의 과정을 만나게 되는데, 그때 비로소 삶의 비의秘義를 직관하고 나아가 격정적으로 상승해오는 정신적 고양을 경험하게 된다. 이 모든 것이 박종대 시인만의 너른 품에서 나오는 삶의 역리逆理가 아닐 수 없을 것이다. 그 기억의 역리를 한번 따라가 보자.

죽어서 살아 있는가
살아서 죽어 있는가

잎만 있고 없고 했지
똑같구먼
서 있는 것은

생과 사
서로 왔다 갔다
한 이웃이었던가
—「죽어 있는 나무와 살아 있는 나무—어느 원시림 속에서」 전문

바닷가 소나무 한 그루
바다 보고 삽니다

꿈꾸는 유채꽃밭
자갈밭도 데리고

갯바람 이야기 들으며
바다 보고 삽니다
—「여기 와 계셨나이까」 전문

어느 원시림 속에서 나무들의 삶과 죽음을 동시에 목도한 시인은, "죽어서 살아 있는" 존재와 "살아서 죽어 있는" 존재에 다가가 본다. 잎만 있다가 없다가 했을 뿐 서 있는 존재로서의 위엄을 똑같이 드러내고 나무들은, 그 자체로 "생과 사 / 서로 왔다 갔다 / 한 이웃"으로 있는 셈이다. 이처럼 시인의 기억과 경험 속에 나무들은 죽으면 죽은 채

로 살면 산 채로 원시림을 이루는 중요한 구성원으로서 무등無等함을 드러내고 있다. 또한 박종대 시인은 바다를 바라보고 살아가는 "소나무 한 그루"를 두고 "꿈꾸는 유채꽃밭"과 "자갈밭"을 건너왔던 기억 속에서 "갯바람 이야기"를 들으며 살아가는 형상을 구축한다. 어쩌면 "인생도 / 여행이라는데"(「어떤 여행」), 시인은 그러한 기억 속의 여행을 '나무'의 형상으로 구체화하고 있는 것이다.

먹을 만큼 입을 만큼
지낼 만큼
고만큼만

보고 듣고 느끼면서
제 할 만큼
그만큼을

가끔은
엉뚱스러워도
그럴 만큼
그만큼
—「그날의 결론」 전문

마지막으로 박종대 시인이 가 닿은 결론은 "먹을 만큼 입을 만큼 / 지낼 만큼" 자족하면서 "보고 듣고 느끼면서" 살아가는 일이다. 그리고 우리가 해야 할 일은 "제 할 만큼 / 그만큼을" 가진 채 "가끔은 / 엉뚱스러워도 / 그럴 만큼 / 그만큼"까지만 가 있는 것이다. 이 진술과 형상 속에 박종대 시학의 무위無爲와 자존自尊의 성정이 오롯이 드러난다. 그렇게 그는 빛과 어둠, 가난과 풍요, 엉뚱함과 선명함 등을 두루 관철하면서 '바닷가 소나무'처럼 우뚝 서 있는 큰 존재이다.

여기서 우리는 박종대 시인만의 기억의 심층이 세상을 향한 아폴론적 열정과 그 열정으로부터 한순간 비켜나고 싶은 디오니소스적 음영陰影을 동시에 아로새겨 간다는 점을 강조할 수 있다. 이 역설적 동시성이 바로 박종대 시학의 오랜 중층성을 선연하게 암시해준다. 또한 이는 사물을 향한 시인의 정서와 사유가 세계 내적 원리와 소통하면서 화음을 이루고 있음을 말해주기도 한다. 이때 박종대 시인이 의탁하는 사물은 물리적 범주이기도 하지만 가치의 범주이기도 하다. 그렇게 박종대 시인은 사물과의 유비(analogy)를 통해 삶의 근원적 가치에 가 닿고자 하는 의지를 표명함으로써, 사물의 순수함과 고고함이 인간이 닿아야 할 가치임을 적극 부각하고 있는 것이다.

6

단시조 미학이 원천적으로 제한적이라는 점은 앞에서 여러 차례 강조한 바 있다. 정형이라는 요건을 충족하면서 변격變格을 시도하기에 워낙 비좁은 단시조 미학은, 그럼에도 불구하고 직관적이고 고요한 세계를 담아내는 데 독자적인 자신만의 장처長處를 가지기도 한다. 더불어 박종대 시인의 단시조는 고유한 원초적 감각과 아름다움을 수반하면서 천천히 우리 시대가 회복해가야 할 정신적 속성을 담아내고 있다는 점에서 계고적戒告的이다. 그것은 궁극적으로 '시조'를 통해 시인이 얻어낸 성찰과 회귀의 의지에서 발원하는 것일 터이다.

근본적으로 서정 양식은 시간 경험에 대한 회상 형식으로 씌어지고 읽힌다. 그래서 우리는 서정 양식과 시간성이 불가피한 서로의 원질原質임을 새삼 확인하게 된다. 박종대 단시조의 미학적 근간은 이러한 지난 시간에 대한 섬세한 회상 형식에 있을 것이다. 그만큼 우리는 원형적이고 훼손되지 않은 시간에 대한 기억이야말로 박종대 시인으로 하여금 조찰하고 아름다운 삶을 살아가게 하는 근원적 힘이며, 이러한 깊고도 지속적인 시인의 치유와 긍정의 미학은 인간의 근원적 존재 형식에 대한 탐구 작업으로 끝없이 이어질 것이라고 말할 수 있다. 짧고도 강렬한 노래에 담긴 서정적 위의를 담은 이번 신작 시집에 그러한 기율과 지향이 잔잔하게 출렁이고 있는 것이다. 은은하고 융융하게 빛을 발하는 언어적 섬광이 아닐 수 없다.

박종대

1995년 《시조문학》 등단. 시조집 『태산 오르기』 『눈맞추기놀이』 『개떡』 『왕눈이의 메시지 49』 『칠칠 동산』 『풀잎 끝 파란 하늘이』 『동백 아래』. 한국시조문학상, 올해의시조문학작품상, 월하시조문학상 수상.
1932년 전남 법성포 출생. 법성포소학교, 광주농업학교, 서울대학교 사범대학 국어과 졸업. 중등학교 교사, 장학사, 장학관, 교장 등 교직 생활. 도쿄 주일본국 대한민국대사관 교육관, 주후쿠오카 대한민국총영사관 영사, 후쿠오카 한국종합교육원 초대 원장 등 외교직 생활.
zerohousekr@daum.net

동백 아래

—

초판 1쇄 2017년 9월 29일
지은이 박종대
펴낸이 김영재
펴낸곳 책만드는집

—

주소 서울 마포구 양화로3길 99 4층 (04022)
전화 3142-1585 · 6
팩스 336-8908
전자우편 chaekjip@naver.com
출판등록 1994년 1월 13일 제10-927호

—

ISBN 978-89-7944-628-9 (04810)
ISBN 978-89-7944-513-8 (세트)